AF324818

27 Décembre 1890. V

VENTE DU SAMEDI 27 DÉCEMBRE 1890

Hotel Drouot, Salle n° 1

À 2 HEURES.

TRÈS BEAU

MOBILIER DE SALON

STYLE LOUIS XV

En lampas, bois sculpté et doré

AMEUBLEMENT DE SALON EN ANCIENNE TAPISSERIE

Meubles en bois sculpté et incrustés

RICHES TENTURES BRODÉES

OBJETS D'ART

Européens et de l'Extrême-Orient

ÉMAUX CLOISONNÉS — BRONZES — ANCIENNES PORCELAINES

MARBRES — TABLEAUX

M° G. DUCHESNE

Commissaire-Priseur

6, RUE DE HANOVRE, 6.

M. A. BLOCHE

Expert près la Cour d'appel

25, RUE DE CHATEAUDUN, 25.

EXPOSITION PUBLIQUE

Le Vendredi 26 Décembre 1890, de 2 heures à 6 heures.

IMPRIMERIE DE L'ART

CATALOGUE

D'UN TRÈS BEAU

MOBILIER DE SALON

STYLE LOUIS XV

EN LAMPAS BROCHÉ, BOIS SCULPTÉ ET DORÉ

Meubles en vernis Martin, Riches Tentures

AMEUBLEMENT DE SALON EN ANCIENNE TAPISSERIE

Époque Premier Empire

Jolies compositions à volatiles et autres animaux

Meubles en bois sculpté et incrustés

BEAUX OBJETS D'ART

Européens et de l'Extrême-Orient

Émaux cloisonnés, Bronzes. Anciennes Porcelaines. Faïences

MARBRES, TABLEAUX

Étoffes brodées, Argenterie, Éventails en vernis Martin

DONT LA VENTE AURA LIEU

HOTEL DROUOT, SALLE N° 1

Le Samedi 27 Décembre 1890

à deux heures

Par le Ministère de **Mᵉ G. DUCHESNE**, commissaire-priseur

SUCCESSEUR DE M. ESCRIBE

6, rue de Hanovre, 6

Assisté de **M. A. BLOCHE**, expert près la Cour d'appel

25, rue de Châteaudun, 25

Chez lesquels on trouve le Catalogue.

EXPOSITION PUBLIQUE

Le Vendredi 26 Décembre 1890, de 2 heures à 6 heures

D05412

CONDITIONS DE LA VENTE

La vente sera faite au comptant.

Les Acquéreurs paieront, en sus des adjudications, *cinq pour cent* applicables aux frais.

L'Exposition mettant le public à même de se rendre compte de l'état des objets, il ne sera admis aucune réclamation une fois l'adjudication prononcée.

Paris — Imprimerie de l'Art, E. Ménard et Cⁱᵉ, 41, rue de la Victoire.

DÉSIGNATION DES OBJETS

MEUBLES, OBJETS D'ART

TENTURES

1 — Magnifique mobilier de salon en bois fine-
ment sculpté et doré, dessin à rocailles, couvert
de lampas broché fond bleu, composé d'un canapé
à trois mouvements, deux fauteuils et deux
grandes chaises.

2 — Deux chaises de même style en bois sculpté et
doré, couvertes en lampas broché.

3 — Deux autres de même style; sièges et dossiers
cannés.

4 — Jolie marquise couverte et capitonnée en poult-

de-soie fond bleu orné de broderies et garnie de
passementerie assortie.

5 — Deux très belles décorations de croisées, com-
posées chacune de deux rideaux en poult-de-
soie fond bleu avec broderies, garnis de passementerie assortie, accompagnés d'embrasses,
doublés en soie et molletonnés ; galeries en bois
sculpté ; décor or vernis Martin avec draperies
en lampas broché bleu turquoise.

6 — Deux stores de fenêtres.

7 — Très beau meuble d'appui, décor vernis Martin, à sujets d'après Watteau ; dessus en marbre
onyx. Style Louis XV. .

8 — Belle table en bois sculpté et doré ; dessus en
peluche. Style Louis XV.

9 — Tabouret de piano forme coquille, décor aventuriné ; même style.

10 — Bel ameublement de salon du temps du premier Empire, composé d'un canapé, six fauteuils, deux bergères et six tabourets de pieds
en ancienne tapisserie d'Aubusson très fine,
représentant des chasses au sanglier, des volatiles, des quadrupèdes dans des paysages avec

encadrements à fleurs sur fond vert. Bois d'aca-
jou avec accotoirs à volutes sculptées.

11 — Joli éventail en vernis Martin du temps de
Louis XV, à sujet mythologique et allégorique
d'un côté, et paysage de l'autre ; monture à
petits médaillons.

12 — Quatre jolies figurines en vieux Saxe : *les
Saisons*.

13 — Deux jolis flambeaux Louis XVI en bronze
doré.

14 — Vase avec couvercle en vieux Nevers, fond
bleu, dessin blanc à fleurs.

15 — Deux souliers de Delft, fond noir.

16 — Deux statuettes en marbre blanc : Enfants aux
urnes. Sur socles en marbre rouge.

17 — Buste en marbre : Diane, de Lanzirotti.

18 — Buste en marbre représentant une dame de la
cour de la reine Marie-Antoinette.

19 — Très belle paire de lampes en porcelaine du
Japon formant vases, décorées au col de cartels

à paysages, et, sur la panse, de fleurs, de feuillages et d'oiseaux. Riche monture en bronze doré.

20 — Grand et beau vase en ancienne porcelaine de Chine, décoré au col d'arabesques et de lambrequins en camaïeu, et, sur la panse, d'un paysage arrosé par un cours d'eau et animé de nombreux personnages.

21 — Belle potiche à huit pans, avec couvercle en ancienne porcelaine du Japon, décor à cartels de fleurs et d'oiseaux en bleu sur fond blanc. (Elle est disposée pour servir de fontaine.)

22 — Vase en ancienne porcelaine de Chine, fond blanc, décoré en relief de vases de fleurs et d'objets d'ameublement en couleur.

23 — Bassin en ancienne porcelaine de Chine, fond vert, décoré de fleurs et d'insectes.

24 — Bouteille, forme pagode, en porcelaine de Chine, fond jaune impérial, décorée de masques et de fleurs, posée sur un socle mobile en même porcelaine fond rouge à fleurs et couronnée par un bouchon surmonté d'un petit brûle-parfums.

25 — Vase en porcelaine de Chine, décoré de dragons en rouge sur fond blanc.

26 — Grand et beau vase en vieux Chine fond blanc, décoré au col de feuilles, de grecques et de lambrequins, et, sur la panse, de fleurs, de coquillages, de poissons et d'arabesques.

27 — Grande boîte forme fruit en ancienne laque de Pékin, décorée en relief d'oiseaux, de feuillages et de fruits.

28 — Socle en laque de Pékin gravée à fleurs et ornements.

29-30 — Deux belles glaces biseautées avec encadrements en ancienne laque de Pékin gravée à fleurs et ornements.

31 — Cantine en ancienne laque du Japon, fond aventuriné, décor de fleurs en or.

32 — Grande étagère en bois sculpté, à montants feuillagés, bordure et fronton sculptés à jour. Travail chinois.

33-34 — Deux jolis cabinets ouvrant à deux vantaux en bois de fer, sculpté sur les quatre faces de dragons dans les nuages.
Le haut est garni d'un tiroir également sculpté. Travail chinois.

35 — Grand et beau guéridon en bois de fer; ceinture sculptée à jour, posant sur un pied mobile genre bambou; dessus en marbre. Travail chinois.

36 — Support en bois de fer; bordure découpée à jour.

37 — Deux grands et beaux éléphants caparaçonnés en émail cloisonné de Chine fond gris, supportant chacun un vase en émail cloisonné fond bleu turquoise, à fleurs.

38 — Deux éléphants analogues; plus petits.

39 — Deux jolies jardinières tripodes, en émail cloisonné de la Chine, fond bleu turquoise, décor à fleurs, avec couvercles surmontés d'un bouton en bronze ciselé à jour.

40 — Belle paire de vases en bronze du Japon niellé d'argent, à bords évasés; anses formées par des papillons.

41 — Plusieurs belles portières et coupes en soie de Chine brodée. (Sera divisé.)

42 — Belle statue en marbre blanc : *Baigneuse*, par Aurili Riccardo. — Haut., 1 m. 12 cent., environ.

43 — Table-étagère Louis XIV, garnie de cuivre.

44 — Lot de marqueterie de cuivre et d'écaille.

45 — Fauteuil Louis XIV en blanc.

46 — Chaise Louis XV.

47 — Huit cadres anciens en bois sculpté.

48 — Cinq consoles à têtes de chérubin, en bois sculpté.

49 — Glace avec cadre en bois sculpté et doré.

50 — Lot de soieries anciennes.

51 — Dix coussins couverts d'anciennes soieries Louis XV et Louis XVI.

52 — Huit morceaux de tapisserie ancienne au petit point, pour dessus de sièges.

53 — Quatre salières et deux bouts de table en argent.

54 — Paire de lampes en porcelaine de Chine, montées en bronze.

55 — Deux fauvettes en biscuit.

56 — Porte-bouquet en Saxe blanc.

57 — Vase à fleurs en porcelaine décorée de fleurs.

58 — Coupe en ancien Saxe.

59 — Statuette d'enfant en bronze. (Inachevée.)

60 — Paire de vases en porcelaine de Nagasaki, à collerette.

61 — Deux grands vases en faïence de Satzuma.

62 — Paire de grands vases en bronze du Japon.

63 — Grande jardinière en bronze du Japon.

64 — Guéridon incrusté du Tonkin.

65 — Grand brûle-parfums en bronze du Japon.

66 — Sabre en os sculpté.

67 — Paire de grands vases, forme à pans, en porcelaine de Chine.

68 — Paravent en papier à quatre feuilles.

69 — Paire de lampes en émail cloisonné de la Chine.

70 — Deux grands plats en porcelaine du Japon, décor polychrome.

71 — Paire de vases fond marron, à reliefs blancs.

72 — Paire de bouteilles en porcelaine, fond bleu turquoise.

73 — Croix incrustée du Tonkin.

74 — Meuble du Tonkin avec incrustations de nacre et d'ivoire.

75 — Meuble de Chine incrusté de nacre et ivoire.

76 — Paire de vases en faïence de Satzuma.

77 — Brûle-parfums en porcelaine d'Owata.

78 — Applique formée par un oiseau en porcelaine.

79 — Vase de Kioto, fond vert.

80 — Vase en porcelaine d'Imari.

81 — Deux jardinières en porcelaine de Chine.

82 — Trois encoignures en bois.

83 — Coupe plissée, monture bronze.

84 — Personnage en faïence de Satzuma.

85 — Deux belles lampes en faïence de Delft, monture en brouze.

86 — Deux flambeaux à deux lumières, forme oiseaux, en cloisonné; monture bronze doré.

87 — Table à ouvrage, forme cœur, couverte en peluche et broderie.

88 — Émail du xviiie siècle, dans son cadre en bois sculpté et doré.

89 — Écran en tapisserie au point. Époque de Louis XIV.

90 — Bronze de Barye : Lion au repos.

91 — Bronze : Gibier. Signé P. J. Mène 1850.

92 — Paravent en satin rouge brodé.

93 — Plat en ancienne faïence de Rhodes, encadré.

94 — Grande coupe à piédouche à bords festonnés, en ancienne faïence du Midi.

95 — Grande plaque de revêtement, en ancienne faïence de Perse.

96 — Deux statuettes en bronze sur socles. Époque Empire.

97 — Deux flambeaux en bronze argenté. Style Louis XVI.

98 — Coupe en porcelaine de Capo di Monte.

99 — Grande vasque en porcelaine de Chine, décor bleu sur blanc.

100 — Deux gargoulettes en porcelaine de Chine, décor flambé haricot.

101 — Petite chaise à porteurs en vernis Martin.

102 — Deux supports d'étagères en incrustation d'ivoire et de nacre.

103 — Deux assiettes de l'Inde, décor paysages.

104 — Boule en ivoire sculpté et repercé.

105 — Deux assiettes en porcelaine de Saxe, décor
à fleurs.

106 — Plat en émail de Chine.

107 — Bonbonnière en émail cloisonné.

108 — Bonbonnière en écaille, avec miniature :
Portrait de jeune femme décolletée.

109 — Miniature sur ivoire : Portrait de femme en
costume Louis XVI.

110 — Miniature sur ivoire : Portrait de Mme Vigée-
Lebrun tenant une palette à la main.

111 — Grand et beau service en porcelaine de Saxe
fond blanc, à bouquets de fleurs, composé de
cent trente-cinq pièces, tels que : assiettes, plats,
soupières, etc.

112 — Douze assiettes en porcelaine de Dresde fond
blanc, décorées d bouquets de fleurs et bor ds à
jour.

113 — Douze assiettes à bord plein, en porcelaine
de Berlin, décorées de fleurs.

114 — Six assiettes en porcelaine de Dresde fond
blanc, décor de fleurs, bords à jour.

115 — Grand bol à punch décoré de sujets Hogarth, monté sur un pied en bronze doré.

116 — Paire de grands vases à couvercles en porcelaine de Saxe, fond bleu à sujets Watteau.

117 — Deux vases de forme boule, en porcelaine de Saxe, col allongé, décorés de sujets Watteau sur fond jaune.

118 — Arrosoir en porcelaine de Saxe décoré de bouquets de fleurs.

119 — Boîte à biscuits de forme contournée, en porcelaine de Saxe, décorée de fleurs.

120 — Boîte à jetons en porcelaine de Saxe : le couvercle décoré de quatre cartes à jouer, et à l'intérieur de quatre petites boîtes à couverele.

121 — Petite commode en bois plaqué à trois tiroirs garnis de bronze.

122 — Deux cache-pots de forme conique, décorés de mufles de lions dorés, et sur les côtés de fleurs et d'arbustes au naturel.

123 — Deux grandes jardinières rondes en porcelaine de Saxe, décorées de fleurs; anses et fleurs en relief.

124 — Tasse à bouillon en porcelaine de Saxe, à couvercle et plateau décoré de sujets Berghem.

125 — Deux sucriers ronds à couvercle en porcelaine de Saxe décorés de fleurs.

126 — Deux tasses hautes à couvercle et deux anses en porcelaine de Saxe, décorées de fleurs ; les soucoupes à galerie ajourée.

127 — Deux plateaux en porcelaine de Saxe, forme feuille, décorés de fleurs.

128 — Deux plateaux en porcelaine de forme carrée, à coins arrondis, fond rose et sujets Watteau.

129 — Encrier à deux godets sur plateau carré en porcelaine de Saxe, décoré d'un sujet Watteau et mosaïque jaune.

130 — Paire de vases en bronze du Japon, en forme de bouteilles à sujets d'oiseaux en relief.

131 — Lampe formée d'une boule en bronze japonais et d'une colonne en bronze verni.

132 — Grande console en bois sculpté et doré.

133 — Console plus petite, analogue.

TABLEAUX

BERGHEM

134 — *Paysage avec figures et animaux.*

DUJARDIN

(CAREL)

135 — *Paysage avec vaches et chèvres.*

HONDEKŒTER

136 — *Volatiles.*

MIREVELT

137 — *Beau Portrait de femme en riche costume avec armoirie.*

GOYEN
(VAN)

138 — *Château entouré d'eau.*

VOS
(DE)

139 — *Scène de festin et de musique.*

Jolie composition.

WITT
(EMMANUEL DE)

140 — *Intérieur d'église.*

WOENIX

141 — *Nature morte.*

ÉCOLE DU XVIᵉ SIÈCLE

142 — *Portrait de la reine Élisabeth.*

ÉCOLE DU XVIe SIÈCLE

143 — *Portrait de dame en costume de l'époque.*

ÉCOLE DU XVIe SIÈCLE

144 — *Portrait de gentilhomme en costume du temps.*

ÉCOLE FRANÇAISE

145 — *Portraits d'homme et de femme.*

Époque Louis XIV.
Cadres en bois sculpté.

RUYSDAËL

(Genre de)

146 — *Chasse.*

Paysage.

RED. :

20

MIRE ISO N° 1
NF Z 43-007
AFNOR
Cedex 7 - 92080 PARIS-LA-DÉFENSE

graphicom
3798970

BIBLIOTHEQUE NATIONALE DE FRANCE

****

CHATEAU DE SABLE

1996

www.ingramcontent.com/pod-product-compliance
Lightning Source LLC
LaVergne TN
LVHW010510060726
842527LV00005B/1981